风吹碎秸

文群 ⊙ 著

仅以此诗集献给耿昇先生

《经》 50cm×40cm 翟跃飞作品 1996 年

自　序

　　这些诗歌结成集子出版，这件事本身让我犹豫再三。原因有二：首先，我自己对所写的诗歌是否值得作为诗集出版就有顾虑，质量如何是个缘由，主要是没有必须要出版的心理动力；再者，我从两年前开始写这些诗，其目的是见证自己走向内心的旅程，以期达成一种指向语言之外的表达，也即是描述或书写语言无能为力的地方，这听上去有点虚玄。此外，每日功课的近神启示以及闻思动念，没有预先的出版动机或设想。

　　最后说服自己正式出版的理由，是缘起和皈依过程中年如一日的息念功课已经趋向于平静，仿佛窥探到归真的小径，径直走去，哪管这路且长且远。于是在朋友的敦促和协助下整理出版，然而并没有完全收录，本想就此打住，可是谁承想世事变幻，随着耿昇先生的突然过世，我改变了想法。纠结于此，本身也是不究竟的表现，完全没有必要。

　　耿昇先生，按他自己的话说，他是研究丝路史地和西方传教士史的，但他早年却翻译了许多关于西藏的经典名著。在我认识耿昇先生之前，我的出版选题方向还在西方哲学，我们认识后我即转向了西藏文明和丝路史地相关文献资料的出版，这一合作便是二十多年，直到他突然去世的当天。耿昇先生已然去世，他的感受如何已经无从查访了，对我而言这二十多年无论如何都是一个难以忽略的时间，因此，我将这两年还未结集的诗稿结成集子奉献给他，是为纪念，其中一首诗的最后一节就是记述我们一同在巴黎的时光。念及于此，我想就以一篇纪念耿昇先生的文字作为这个诗集的序言，是为纪念。

数数手上的日子我比你多

得知耿昇先生去世的消息时，我正坐在从京都到滋贺的新干线的火车上看着窗外朴素而简单的景色，远阔的田野，天空低低垂挂在灰色农舍的屋脊上，田野大多还裸着，春天也才刚刚铺展开来，只是那些绿色中还带着怯生生的嫩意。空阔而寂寞的田野，应和着想象无边的情绪。

那则短信不长："……耿昇先生于今日突发心脏病与世长辞……"短信还简略地写着他拥有的各种头衔，以及学术成果。我木然无措，只是下意识从包里取出耳机，想随便听点声音也是好的，我把声音放到了最大。

不知如何面对死去的人。当然，不是指面对面，大多数时候不存在面对面的机会（尽管我曾经有过多次直面逝者的经历）准确地讲应该是不知如何应对这样的讯息，尤其是一个突然死去且与你有着密切关联的人。

进而，下意识想要提笔记下些什么，却又不知该用怎样的腔调。死去的人固然不会再有活着的消息传来，一切都止息了，但那也意味着过往的所有将会集合起来在你面前一一排列，无论清晰的、模糊的，还是隐身在漫长岁月中被遗忘的往事。

耳边乐曲是巴赫的鲁特琴组曲。竟然，听得我泪水直涌，像那种伤风落泪一样哗哗地止不住，我将头尽量扭向车窗，车窗外的田野湿漉漉地模糊起来。那本来不是什么悲伤的曲调，而我却听得悲从心生。在我脑子里想要拼凑出我们交往中那些书稿处理的细节，可是，我能够想起的竟然全是些残缺的碎片，东一块，西一块地在脑袋里失序地飘，甚至凑不成完整的句子。我悲伤的泛念，不针对具体的事情，而仅仅是悲伤本身而已。好吧，碎片本身也可以是一份整全的纪念。

我们最后一次见面是一个月前，具体日子竟然无从想起。为了谈一部叫"伯希和生平学术贡献"的稿子，其实我是在向耿先生催稿，耿先生告诉我已经收尾了，我当时似乎闪过一个念头：先生的速度显然已经不如三年前那样快了。记得随后我们还谈到另外一部未完成的译稿《敦煌的画与幡》，是法国汉学家玛雅尔的著作。临近告别时我委托他帮我将戴维妮尔的全部著作目录整理成一份数据给我。其实，这样工作的话题只占到我们见面时很少的时间，我们的闲扯多过谈工作。每次去时耿先生是一定要请吃中午饭的，我们几乎每年只见面一次，这吃饭的时间也就成了见面时间的延续了。

我对耿先生的声音有种独特的记忆，那是一种从来没有办法说悄悄话的声音，他喊服务员点菜的声音让人觉得在那种几百平方米的餐厅里的角角落落都能听到。去年我们在巴黎，乘坐地铁时我就因此和另外一个朋友笑谈耿先生，他也不以为意。也正是这次去巴黎，我才体会到他的勤奋与结交的广泛，巴黎汉学界群体的更替与兴衰都在他眼里了。我们原本说好了在他退休后一起去法国寻找一个大致的选题方向好好合作的，现在斯人已逝只好作罢了。

我们交往有二十三年，而此刻他的日子息止了，我的日子还在往前走。为此，我有种奇怪的感觉，比如我们一年里见面不会超过两次，二十三年里我们见面的次数加起来也不过三十次吧。在这不到三十次的见面商讨中，我们讨论了耿先生要出版的著作一共有四十四部之多，这还不算正在策划中和临时加入的。也就是说我们在彼此的时间里印证了一部部著述的出版与诞生，但在交往的时间频率上却有着诸多空白处，或被遗忘吞噬掉了可资记忆的细节。在我的选题计划中还有11种著述未能交付书稿，其中就有《敦煌的画与幡》《伯希和探险团西域考古报告（4卷）》《伯希和与西域历史文化研究》《唐代吐鲁番的道路》等。我所说的奇怪感觉是我与如此勤奋的人交往了二十三年，却未能染得先生风范之一二，私下里自我检点，实在是愚顽得匪夷所思。

人应是人该是的样子，然而，多数时候却活不出人的样子来。

耿先生逝去时是73岁，著述75种，这是一个异常惊人的数字。

回到北京后，在我见到万明先生（耿夫人）时，她告诉我耿先生是突然逝去的，那一刻他正在核校"伯希和生平学术贡献"

的书稿，只剩下最后两页了，她将最后几页勾画着许多红色符号的稿纸递给我看，她开始轻声抽噎，而我也止不住落泪。

我看着耿先生十平米左右的书房，一切如同往常，书是这个房间的主人，从地上一直堆上了顶棚。一张促狭的写字台紧靠窗户，上半截放满了插着笔的笔筒，二十多年都是一个样子，只是前几年多了许多我不认识的各种药瓶，空出写字的地方也有三分之一吧。我们谈事时，头顶上给人感觉随时可能有书掉下来。忽然想，从来没有想过在这个房间里与耿先生一起照张相留作纪念，也许只是觉得日子还很长，不需要特意去数它。可是，此刻我数数手上的日子长过了你，又有什么意思呢？

目 录

001 ⊙ 风吹碎秸

051 ⊙ 书店里游弋的人们

083 ⊙ 信仰启示录

107 ⊙ 在运河上旅行

125 ⊙ 献祭的四首颂歌

151 ⊙ 我城中春花乍开

169 ⊙ 后　记

风 吹 碎 秸

码　头

码头上空无一人，晨雾还未散去，

几只鸥鸟寂寞地鸣叫，

船儿在粼粼波光中沉睡。

像往日一样，我早早出海，

在熟谙的航道上前行，

愿每一天如同逝去的一天，

愿逝去的一天如同此刻。

而此刻，我沐行在晨光，

千百条鱼儿围绕在船旁，

海面，旷野般平静，我的默祷

在暝无人迹的心意里，

我所有的收获，

是不再有收获的愿望，

每一个被完成的日子，

它的起点和终点就从这码头开始。

窥　见

傍晚时分，那进入深秋的鸣叫，

唯独没有听到你的声音。

我在深夜守候，寅时祈祷，

安慈所有预感到尽头的物种。

我坐下来，一如远行，

开始觉察自己，起起落落的心意，

聆听窗外虫豸彼此呼唤，

秋雨也无法浇灭它们暗夜中的热情。

它们留下印迹，不为我们所见，

它们重返大地时，我的声音

与它们临终听到的一样。

那让我照看的，以及我感知到的，

那屋檐下，夜夜倾听晨祷的，

那彼此念念勿忘的，

那旷野上生灭有时的，

由你点亮的灯，在黑暗围绕下

回到了你的里面，

由你守护的城门，我们敲打它，

然后，居住在里面。

碎　刃

唇齿间塞满了词语，有股血腥味道，

我将它们一枚枚取出，用心擦拭，

想要拼出一幅完整的蓝图，

它们像残垣下的瓦砾，披着夕阳的辉光，

无论我多么努力，已经不能辨认

曾经的屋宇，有人抽走了屋梁。

我知道这是如何开始的，

却不知道何时结束，也不知那些

从未开始而无从结束的事物，

可我却知道它们真实地存在，

当日子满了，你也会知道。

那么请告诉我，谁用词语自洁心意，

在那永居之处，　在那暗中所行，

在唇齿间被击打成片片碎刃。

这就是捐满在尘世的

那些储藏起来的词语，有一天

会自拥光明，即使抹去，

也会留下数道血痕。

远　航

那是九月的最后一个早晨，

我从林间走向码头，

疾风吹伏苇草，岸边荒寂。

船夫们拖船上岸，结束海上漂泊，

庞大的船身像雨中坐地的屋宇，

他们从何而来，为何而止？

离开了水，就离开了远航，

我还有梦给它。似这九月

浆果暗红，跌落在土里，

重生时游子去向黯昧。

此一世，我是经卷里喻说的

船夫，守门人和伐木者，

站在疾风中的九月，送别秋柳，

找寻经卷里不灭的印痕。

可那纸上落满了秋天的碎秸，

指认荒疏的心还要荒疏，

无明中获得的自满，

还要在遮蔽中继续蒙尘。

为谎言困居在谎言，成为它本身，

就像船儿上岸，离开了水。

鱼　骨

肉身被片片啄去，鸥鸟群起，

鱼骨横陈在岸，根根冷却，

胸膛里空空，不再有跳动。

我看到风穿过骨间，

没有一丝丝踪迹驻留，

当冥想，潜入成住坏空，

阳光在每一根鱼骨上投下阴影，

只有重生者知道她的含义。

那时鱼骨焦渴，请"给我水喝"

"凡喝这水的，还要再渴"①。

白码头上的布道者呵，

心肠遗失在骨中，

你说神意在这惑乱靡费的尘世，

① 《圣经·新约·约翰福音》4:13，下一节 4:14 为"人若喝我所赐的水就永远不渴；我所赐的水，要在他里头成为泉源，直涌到永生"。

可我们看不到那结局，却已在杯中自满，

那饮水人封闭了口。你喝下的，

我们也要喝，你注定了事情，

我们还在茫然无知地改变，

譬如小心翼翼使鱼骨重临温暖，

再让铁石心肠安歇在怀里，

如风在水中起波，万物在波中起伏。

盲吉他

——纪念泰雷加和罗德里戈

盲吉他①，弦上泛起音符，

就像是秋风吹起麦秸

涟漪和琤琤琴音。

十指在弦上编织祭献给秋天的花环，

每一环都不曾有音节走失，

也没有一根手指在道路以外流浪。

盲吉他，琴音若祭台上万千灯盏，

正在照亮，一段往事。

朝向你屈膝的往事

就像是两条绿松石项串，

一串给了秋天，一串化成音符，

它们被缝入记忆，一声不失，

如雨滴汇入水中，抵达意识之海。

---

① 意指西班牙音乐家泰雷加和罗德里戈，两位都是盲人；代表作分别是《阿尔罕布拉宫的回忆》
和《阿兰胡耶协奏曲》。

而今只有岁月投下阴影，

信使们泪流满面，脚下路绝水静，

那水中升起了盐，在结粒，

苦涩将被封存慢慢净化，永不失味。

而今琴师在琴身里漫游，步步无痕，

甚至没有两个盲人

在同室之暗，两颗明珠彼此挨着。

林间路

就像是冬天守着它的雪

不让它消融

我在词语中修筑一条林间路

踏着蜿蜒语意

隐微在寓意里传诵

这个国度，全在其中了

聆听它的，只身远行

当那丰饶林木下

透过参天枝叶，望见

词语在云朵间飘过

消失在母语里

我的神啊，仅仅是向下张望吗？

那架上古卷无人问津

暗示命名者，早已弃名而去

我在语意重压下，仿佛林间阴霾

等待草叶惊蛰

瑟瑟抖动小小灵魂里

轻若烟尘的决绝

人匮乏支撑，除非

神在里面

而我，只是一个简单的词语

扯起秋天的衣角

兜走它击落的

每一片树叶

四　食

做了众生的食物

就不能在乎被谁吞下

当那抟食者^①

站上酬劳搭起的高台

音色激越，唇红齿白

"付费！付费！"

就像是一只鸟儿深陷情网

求欢起舞于楼台

它念头涌动，漫过午夜街市

空中弥漫着钞票的味道

在攻陷味蕾之先

已经劫掠了厨房中的盐

① 佛典有说四食（ahara）：段食（即抟食）、触食、意思食、识食。此"食"指"因"，念的生起与运作，非单指食物。段食维持色身；触食维持受；意思食维持三界轮回，业即是思，业导致众生轮回三界；识食维持名色。断得四食，究竟成就，达到涅槃。

每一天醒来，听到

吞食声四下起伏

想起年少时雪地寂静

撒播谷粒，架上一个空篮子

当一群麻雀吞食谷粒

它们看到的天空就完全变了

那一刻它们只剩下半只翅膀飞过整座森林

那一刻它们被裹在泥土里放在火上烧

伤口仿佛被长矛刺穿

留下的洞穴永不愈合

无论结果，人最终都会站在

"他们不知他们所做"的面前向里张望

当幻想停靠在大水边，拖着湿透的影子

望对岸空无人迹的渡船

想象自己是那船夫

离开已经很久了

《经》　78cm×60cm　翟跃飞作品　1996年

空喇嘛

他们把我埋入地下时

连一声告别都没有

草草盖些黄土

根须还在风中飘拂

天使们拉着我

就像一个喇嘛飘浮在空中

我所拥有的

就是什么都不曾拥有

双手渴望圆满

围拢那飘摇的火光

脚步深浅在风中穿行

从此岸到彼岸只有一个词那么远

我试着书写找到它

用它搭建世上独有的桥

风熄灭了火

我撑起一件旧衣裳

挡住无知的吹嘘

再一次点燃怀中火种

那时，我只想与你谈谈

在黎明降临到你那一半时

我期待看到的岸

手也够得到它

就像我找到了那个词

被喇嘛们含在嘴里

在空中默祷

因为，死神离开时说它还会再来

门　徒

弑杀绿意的乡野荒芜一片

自净其意的众生

不能平静地面对自己

回望古道上离去的三月

那少年人心怀悲悯要远走他乡了

他穿过城门的样子

就像是一枝杏花盛开在城墙上

他往城外，而他迎向城门

相询生生世世，长路黏在脚下

对他人一生念念而期许

实在是将一个沉默延长至

杏花落满一地

地上的君王来不及清扫

无论想了多久仍然没能越过

眼前的山冈

你走过的所有弯路

都是因为要遇见一个人

而欲念终将背叛

什么都不会让你带走

甚至一句话

关于爱，关于誓言

我们从未活过我们所说的

也许我已经够到了

那词语忽略的凿凿语义

用它开启顽石并穿过

这在神短暂，在人则耗尽一生

那是一个整全的约

谁听见就得到听见的

谁弃绝就得永生

就像是杏花

在灰墙上开好了又灭了

花　园

从生到死我都会爱你，

金菊莲和合欢花。

你是我的可遇不可求，

当睡意沉沉，

我在花园里，埋下苦痛。

我不想让它们知道，

我已经又瞎又聋，

因为我们气味相投。

要是它们知道我也要失声，

它们将会闭合已经盛开的花瓣。

我不想看到花园里无花可开，

也不想看到阳光

散漫在枯枝败叶上，

在凋零的园子里，只有死神在散步。

睡吧花园，让我们一起睡意沉沉，

金菊莲与合欢花。

你是我的可遇不可求，

我不想让你们知道，

我又瞎又聋，

我不想让你们看到，阳光

从我脸上移开。

仅仅因为在死神眼里，

我们气味相投，

我说过从生到死都爱你。

灰 烬

不管多少年之后，

不管我们经历了什么，

每天醒来我依然

觉得灰烬还在静静地烧，

纸上字迹在熹微中，

一点点冷却。

我知道这一天迟早要到来，

我知道灰烬是时间

留给我们的礼物

一碰就碎。

每天我醒来祈祷，

将祝福缀满空中，

将字迹嵌上走过的路，

经年风雪也抹不去这痕迹。

不管这许多年以后，

不管过去我们经历了什么，

属于你的路，我修直了，

尽管它并不通往我的归宿，

时间留下灰烬，

请你不要去触碰。

乡　愁

妈妈，在这世上我已经无处可去，

冬天就要到了。

我路过北方看到叶子变了颜色，

正在一片片掉落，

秋雨也入单衣浸冷我的心。

曾经你给我家园

在一场梦里，正在经历

永无餍足的食欲，

杜鹃叫了，布谷声声响彻林间。

妈妈，晨雾散尽，我穿越了北部中国，

你曾说家园是旧日一袭灰衣，

有人将她焚烧，

你温情地在余烬里看着我，

成为我记忆中无法愈合的伤口。

火苗冉冉，一截腿骨还站立在地上，

像一截木桩，挂着烟火

不肯倒下。

这乡愁呵，在末路紧咬牙关，

捡拾残烬中脉脉含情的镜像。

妈妈，我揣着你的温情上路，

像个孩子天真烂漫，

守护生命中那些仅有的鲜活时光，

守着她，被窃取、被遮蔽的

一截不肯倒下的乡愁。

在冬天来临之际，穿越北部中国，

目击盲人们在黑暗中行走，

杜鹃布谷声声，响彻了林间，

我以为一截断烛也能陪伴我在寒冬里夜行。

妈妈，杜鹃叫了，布谷声声

响彻了林间。

我若盲人行入了黑森林，

冬天就要到了，怀里温情冉冉，

我已经无处可去，

我已经无处可去。

集　市

弹琴人微笑，他微笑，在一首曲子里，

他吟唱，他在自己的时间里游荡，

我们远道而来，仆仆风尘，

踏进他时间里快意川流的街市。

我们将硬币放进他的琴盒，

像是一串符咒被写在天空，那里幽蓝而深邃，

被回忆困居在琴颈里，

一截思念狭长，要从琴头徒步到琴尾。

环臂抱琴，指间滑动若藤蔓攀缘，

仿佛微笑在脸上荡漾，

在万千光线里激起涟漪，

如若粉身碎骨的铜矿石涂抹一张蓝色的脸。

那一刻我们接过鲜花、蔬果和面包，

醺然若醉，紧拥琴颈的曲调

诉说这礼物错过了多少君王，

我们低声吟诵和祈祷，神情坚定，

越过君王摧残世事而沧桑破败的墟城。

我们看清了微笑里那些终究悲伤的身影，

任由白发蔓生，缠绕在时间上，

每一个个体都如蝴蝶翩翩，花草茸茸。

一个异族少女递过面包，抹上菜酱，

她的笑容像是丝绸在阳光下闪动，

旁边男孩兜售他的驯鹿头饰，

长长布角像是掉光叶子的枝条，

他孤单而羞怯，他孤单而羞怯，

像时间一样孤单。

等待弹琴人徒步从琴颈到琴尾，

直到他挟琴走开，

少女递来面包，上面抹着菜酱，

而这一切发生在我放硬币在琴盒的瞬间。

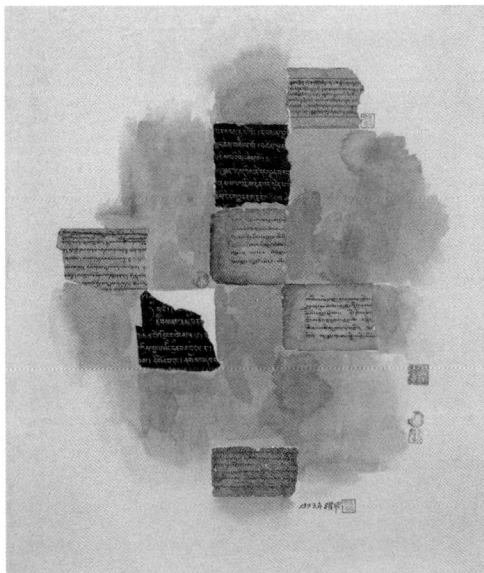

《经》　78cm×68cm　翟跃飞作品　1993 年

焉　集①

我们是这世上彼此的证物

从少到老，从早到晚，

这就是我们一世的收成。

泪源在心，要浸染上含义才能被认出，

临世乘水，离世息风，

一如种子撒上天堂。

满树杏花开放时，我看到你的苦心

在一座寂静的塔里

洁白如玉，苦蕴焉集，

你若先走一步，我会

带上所有，走完剩余的旅程。

春天时，我们一同醒来，

烧去心里紧紧缠绕的荆棘，

---

① 佛陀遗世佛法三法印和四圣谛，无常、无我、涅槃，苦、集、灭、道。集为四圣谛第二谛，以为苦因。

伴着琴声和夜色，无拘无束。

在预言中的荒野支起挡风的帐篷，

举行注定要发生的仪式，

同旷野述说一生，

声音孤独而安静，

像是星空下微风走过沙地，

那一刻没有时间，没有苦蕴，没有居所。

日复一日，我们眼光晦暗，

肤发黯淡像是晨雾就要散去，

旅行的行囊不停地掉落。

绿松石般的苍穹下万千眼睛

早已湿润，风沙割伤脸颊，

已然不能辨认来时少年的身影。

琴声不绝，夜色暗到了尽头，

仲裁者的气息在离别的地方

越来越浓，等待最终赢得这场游戏。

残　花

在我学会发出钟鸣之前，

我用双手结印，将落雪送入冬天，

让失色主宰一切，

身体也失去了盐的味道。

围拢一只灯盏，置念于业处，

让心肠在时间里，

化为枯叶一片，无恶亦无善。

那一刻我从树下走过，

三株玉兰和七棵优昙娑罗树，

在这世上简单地开着白花，

就像是笑意掠过脸颊

在欲海深念里，

将自己作为礼物，留在时间里。

那一刻死亡背书在盛开的后面，

仿佛沉默陷落沉默，一声不吭，

一朵玉兰不会比一朵优昙婆罗花

残落时多出生命的应许，

残落是离弃，也是潜入

我身体里泛起的大河的味道，

滚滚而来，色相全无，

过去浮现是真，现在和未来亦真。

野 花

九月离去，我也要离开了，

如篝火熄灭前骤然闪亮，

照得荒野灰白一片。

此时我看见了谁，

那凝望的神态，

注定要悲伤一世吗？

所有盛开的日子，

无眠又神圣，

我要每一粒种子扎根在祈祷里

粒粒入心。

那蕊中带泪的湿润，

将我已萎的花瓣送往前山。

当身披绿衣的土地，

渐渐稀疏，

我能看见的一切，

要随我而逝了。

晨时我默祷：归还吧归还，

我美丽外衣上那颗无名的纽扣。

九月我要离去了，一如你洒下雨水

一天比一天短，

短过我落下叶子来不及收拾，

短过我花容失色，来世

不知重拾谁的颜色，

我美丽外衣上有名字承诺给了无名旷野。

蜘　蛛

翻过那道高墙，

从隐身洞穴里向外张望，

风雪还在嘶鸣，

雪坠断了觅食的丝，

饥饿比我僵硬的肢体，

更想挨过这风雪降临的日子，

我要重新把网结好，

总有那么一刻一切都会结束，

那时我留下的只能是破损的网。

无论围墙多么难以翻越，

最终我会穿越这屏障，

来到词语之湖，自由自在，

不需要谁的容许，

也无须依照他人的暗示，

在这湖面和湖边丛林里漫游，

用母语与游鱼，

交换入冬以来的见闻，

我看它们嬉戏，自由自在。

阳光透过水面折射斑斓语意，

无论我多么小心，

也只能看见所想要呈现的，

如同湖水映照节节肢体，

一颗未来的水滴会击穿生活，

让日子变得残破而潮湿，

接连三天落雪像沉默覆盖了一切，

语意已经完成了她的念，

那面目斑斓者随落日隐入暗处。

焉 苦

至今，我不知道与我同行的人在哪里，

越过人群我依然是人群中

那个踽踽四顾的人，

一如风吹碎秸喧闹而无依。

没有人怀疑自己活着是多么虔诚，

不仅仅为了恐惧在死亡时

放过渐渐冷却的身体，

我还想弄明白，在这世上，

究竟要做些什么才能算作圆满，

才能不会再一次被降临

在这虚妄充斥的地方。

凡我去过的地方我都安下了家，

每一个陌路人都是好邻居，

早晨我为他们祝福，

就像是雪完全委身根茎，

等待一场暖流融化在里面，

再分裂苞芽，尽心尽意伸向空中。

又像是一根冰凌在屋檐下，

一滴一滴消失在泥土里，

使根系发达，以便徒步抵达秋天。

这也仅仅是你我别离时

彼此挥手转身，如同神示不再回头。

多年以来我们活着，只是万千

彼此映照的镜像，我也曾认真想过，

怎么就活过了那些本该活着的人？

他们皆人楷模，死时刚好是我

现在的岁数，我是否也该结束这一切呢？

然而，时至今日故我依然。

我清楚不存在人们渴念的世间成就，

也没有所谓时间跟在你身后，

荒凉内心如同退无可退的乡村，

已经退回到了身体的内部，但这够吗？

世界似乎要让一切退回到她生成的缘由。

我喜爱的词如今都离我而去，

回到乡野和蔓草间，

金钱刈割早晨，也将刈割

人与非人的界线，世界支离，

再再破碎，仿佛一个行将死于

心碎的女人把碎片撒在继承者身上，

而人世漫长，离亡者近，离永生遥远，

即便生命容许我们回到家乡，

这也只是遗世前兆引发的悲悯，

无力将我们带离苦焉，

只有心离行作，证诸爱尽。

焉 灭

每一丝记忆在根根灰发中涌动，

每一天醒来，晨曦还在赶路，

然而，终将失色的

即使用文字挽留，把灯盏放上高台，

最终都是时间抖落的灰烬。

每一个沉浸在回忆中的人

又岂能看见生灭，

又怎能将此作为礼物，

送给他者，一碰就碎呢？

如果记忆残存，那里有我，

仿佛在灰烬里写上字迹，

在空中雕刻往事，

企图在时间里煅烧一行墓志铭，

影射生活中被认为是苦的。

我们也只会在轮转中收获到伤害，

就像是许诺被层层包裹，

打开她的人看到，

一道道帷幔隔离了真相。

书店里游弋的人们

书店里游弋的人们

> 我是一个理想国的居民，这个国度与其说存在于空间，不如说存在于时间里。
>
> ——切斯瓦夫·米沃什

一

我们动身了，纸中城邦，

从这首诗开始上了自己的路。

事物随之涌起、跌落和消失，

欢快起起伏伏，在一股

难过的洪流里不停地冒头。

十字路口，慢吞吞，聚而复散，

如同大河圆满的砺石睡满了河滩。

当激流涌来，我们

满手烦恼在大河里洗净，

再将这烦恼送往睡眠深处。

我们就要动身了，纸中城邦，

通向傍晚的路也通向早晨，

通向你的路也通向我们。

正如事物如是起始和终结，

正如活着和结束活着。

倘若在他们之间找到一扇门，

恰好你在长长甬道里醒来，

你希望那是通向内心的路很远，

这种探寻周而复始。

我们动身了，纸中城邦，

时间抓取心跳，命运已经裁定好次数，

没有余数，没有两次生命隐藏在心意里

偶尔心跳，只是偶尔，

会在红灯绿灯前遇见撒旦的晨祷。

一只流浪狗，像泥板一样贴在地面，

车辆拖着血迹拥堵在嘈杂人声里。

奇怪，此刻我想起少年谢里曼远行

和他学习语言的方式，以及

特洛伊城从厚厚的尘土里扒出来。

在同一个时代，一个叫寒鸦的人，

拥有出奇平淡的一生，

述说悚然，将绝望打捞上岸，

他的格利高里在岸上开始变形，

这事发生在某个早晨，阳光暧昧

世界就这样水渍般洇开。

我和死去的齐，在前往书店的路上，

背对太阳向西，那是昆仑山下，

横额悬跨天际的雪线，

仿佛举案齐眉的佳人，一线白眉

在一个早晨变得异常妖娆而妩媚。

而此刻我却在十字路口等待

红灯停，绿灯行。

就在此刻我们动身了，纸中城邦，

车载CD机播放《马太受难曲》

　　哦，神圣的肢体

　　看我如何因忏悔和愧疚而哭泣

　　是我的堕落让你如此受苦

正当锡安的子民高声忏悔，

一只少女的手换上了《青铜葵花》，

朗诵人略带苏北口音诉说成长的艰辛，

去年他来过了纸中城邦。

我调整呼吸，心跳里没有余数，

十字路口一片混乱，

仿佛一组紊乱的三叉神经，

等待通过的手势，

那一刻我们还原为蝼蚁，奔向巢穴。

我们动身了，上了自己的路，

每条起始的路都会有无数节点

和独一终点，那是生命的尽头。

我说：到了，纸中城邦，

一个纸和字组成的王国，

一个森罗万象涵纳寰宇的城邦，

一个居所，我终年盘桓，

当你发"纸中城邦"音节时

唇齿舌腔谐调共振，美妙动听，

就像是神用神的语言命名让人读出，

就像是神用读出的声音给你应许：

一间书店，你当如是以他的名敬畏生灭，

既存于时间，也存于空间。

他在文字里，居所难定，

取决于文字隐没的瞬间，也在

每一个阅读者过去现在和未来的里面。

纸中城邦，我们动身了，

书摞至穹顶，也摆满了地府，

长阶上坐满孩子，怀里揣着梦。

当年巴别塔若是孩子们用书搭建，

语音变乱就不会发生，水

至少我和昆石夫妇都这么认为。

在广场，六条鱼主宰风水眼，

它们是离书最近的文盲，

它们记忆两秒以内的事物，

它们自以为是世上学识渊博的鱼，

它们自以为每天结识新朋友。

孩子过来数数，把自己也数进去，

一条、两条、三条、四条，

还有两条说：我看见人时看见了我自己。

二

我喜欢鱼喜欢孩子们文盲的样子，

鱼是水里游动的诗，孩子是空气中飘动的诗，

我喜欢他们穿梭的身影不染世事。

我喜欢诗歌节制和指认世界的方式，

我喜欢语言弯曲后浮现出瑰丽的想象，

我喜欢这些想象能够抵达生者与死者。

我喜欢米沃什喜欢他逃亡打开脑袋的决绝，

喜欢他带给世界礼物转身离开，

我喜欢他在花园里劳作，望向大海的帆影与这个世界和解。

我喜欢布罗茨基喜欢他出走前被人围着比一还小，

喜欢他的哀歌让这名色世界深深睡眠，

我常常看见他遍布胡茬的脸仿佛刚刚收割过的麦地。

我喜欢保罗·策兰喜欢他在空中挖坟躺下不拥挤，

喜欢他数苦杏仁数到石头开花了，并献给了死亡大师，

他看着在炉渣中冷却的人是万千愁苦颗粒中被扯断的琴弦。

我喜欢奥登喜欢他 1939 年选择的死亡方式，

我喜欢他去下等酒吧守候一个九月的夜晚，

为了他诗歌背后那些高贵的死人谈论危险的信仰。

我喜欢里尔克喜欢他在杜依诺古堡痛哭，

天使长以雷霆击打他不朽的梦，

我喜欢他墓园上矮矮的石碑记载着玫瑰的名字。

我喜欢佩索阿喜欢他的牧羊人在午后数羊群，

我喜欢他拎起一些事物仅仅指向事物本身，

他还让天狼草在入冬前的盛秋遍覆山冈。

我喜欢他们无涉文字背后的语意，

我喜欢他们摆脱了自己的旧鞋子，

我更加喜欢他们将母语礼花一样投射在天空。

当然，1989年铁轨的尽头有海子，

铁轨延伸了他的脚，指向衰草泛黄的盐湖，

他是大地上长出匍匐在地的影子，

掠过昆仑山下已是芦笛的德令哈，

金色世界里四姐妹夜夜入梦的马匹，

鼻息中草籽的味道驶向春天的雨水。

尽头有北岛，他活着，他叫喊

已经不属于他的城门开，弑声阵阵

双手举起，石化在那城的墙上。

从《失败之书》到《时间的玫瑰》

他看见衰老在他的城，他的王国。

居无定所，四处漂移的影子，

握不住一支书写诗歌的笔。

如今我们动身了，纸中城邦，

他们在二楼安顿身和心，

每天早晨我前去向他们致意，

书搁置在架，全无荒碑之象，

我的礼敬在额上，我的心端坐不动。

三

我们动身吧，纸中城邦，

隔壁是新疆村麦香醺醺的烤馕，

羔羊们献身的味道，

营造恍惚昏沉的午后。

我常常穿过各等声色和味道，

去看楼下那些传记中叙述的人生，

那是些精心挑选的人生事件和生活场景，

我常常预设他们是地球上同一族类，

就像是蚂蚁用触须牧放蚜虫获取甜蜜，

他们是继承了放牧者权力的集大成者，

在书店里游弋，在中图法里属别同类。

有些年份格外畅销，有些年份集体畅销，

有些岁月人们不闻不问。

一个叫斯特劳斯的人提醒我，

僭政是全世界的可能性，

那些传主毕业于同一所僭主大学，

位于蝶页和颢页之间狭小的空间。

他们治世的路数出于一辙，就连

他们挥手的样子都会引发呼吸急促，

作为臣民只需忘乎所以就能欢呼，

当一股凉气在攥紧的手掌里游走时，

大多数事物被发现患有多发性延迟震颤，

医生给这种现象起了一个动听的名字叫帕金森。

我们动身吧，纸中城邦，

我叫小董打开书架背后的窗子，

让晨光进来空气进来街市的嘈杂进来，

以便确定帕金森在阴冷处被软化了。

纸中城邦，透过午后飘窗我满手阳光，

探进心里一行行地写：

"从疾苦矿脉中背上来的快乐语言

召唤物，召唤人也召唤时间。"

那阵子世上遍布死人，太多人死去，

死神紧紧尾随移动的物体，我不能肯定

左边，还是右边，

我听见它狰狞的呼吸在脑后哧哧作响，

瞥见阴影长大粘着我的影子，

仿佛耶稣背上的十字架在向他耳语，

我赶紧转向宗教寻找一点根据。

于是呼吸消失了，死神去向不明，

十字架深深扎进了骷髅地时，

殉道者也随之扎进了高处。

它让我想起那些分段史中

总会出现一只挥动的手，

在虚空中搅动，就像是雷公敲响了钹，

人群轰鸣着单一词语，随即扑向血海。

耶稣看僭主们的档案其实是一份份病历，

他双目流血，在地上，在时间里失踪，

他以红泪书写药方，让识者当作祷言：

谎言建立谎言的正义，终究成为谎言的正义。

他宽恕的方式如同星云制造星球，

而刚刚诞生的星球遍布了战火。

四

我们动身了，纸中城邦，

游弋在书店里的人们，

每一本书都是绝命书，

每一行字都应远离，

字掉落到心里要砸死人，

一行行书架仿佛温暖的墓碑，

箴言和墓志铭伴随我们成长。

何时，何地，在哪本书里，

我读到有人企图谋杀一只花豹，

那只豹是地球仅存，

今年入冬时它死于孤单。

两个页码间印有它的肖像，

让我想起楼上那个女孩，

嘴唇涂得火红，

耳朵里整天塞满了声音。

在电梯里拿着盗墓人圣经，

像在无人密室里细数珍宝，

世界如此呈现，没有偶然，

那个牵动线索的人，并不想让我们知道，

每一次告别都是一部分死去。

如是肉身之重重于一座城，

轻于一页纸，那上面写道：

愚痴之重坠落时

灵性醒来了

它们之间昏聩如浓雾

醒来并不通往任何地方。

我们动身了，纸中城邦，

我读书，我的心跳里没有余数，

在拐角处席地坐下，发现

那儿有个低头翻书的人，

前天我在一本书里见过他，

他跑出来买书吗？

刚打开的那一页写着：暗店街。

他用哀伤笔调唤起人类命运的记忆，

那些记忆据说在巴别塔倒后就四散隐没，

他是获奖的那个人，我让他签名

却又怀疑他是否真想买书，

犹疑间他拿本书又回到了书里。

我不知他是如何来去自由，

可我知道当我想认识谁他就已经在那里了，

我们同样都是游弋在书店里的人。

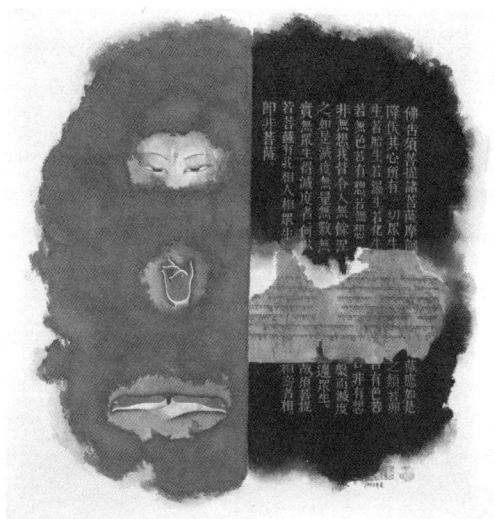

《经》　78cm×78cm　翟跃飞作品　1993 年

五

七年前赫塔·米勒写了本书叫《风中绿李》

读完它，我差点直接走出窗外，

那是第二十四层楼。后来她获奖了，

我发现她一直没有走出三十岁。

三十岁以后她写三十岁以前的事，

三十岁以前她的生活又长又惊悚，

好像她身上绑了个心电记录仪，

随时描绘忠诚度曲线，心电图纸

吱吱啦啦没完了地从机器里吐出。

我猜想她被拉去地狱当过执事，

从空洞洞的井里往外望，

她让半只苍蝇飞过整个森林时，

有些事情再也抹不掉了，

她说"我拥有的一切我都随身带着"。

他们是东欧人，我们的远房亲戚，

譬如米兰·昆德拉，譬如切斯瓦夫·米沃什，

前者是生活轻重计量失衡分析师，

后者是开颅后遗症修复师，

很不幸这两位曾经都是我的医生。

可是他们对我也束手无策，

在我打道回府的路上遇见了美国人罗兰，

于是加入了戒酒无名会，

从一个饱受摧残的酒徒，

变成了另外一种酒徒。

我想说的是世界是世界的世界，

人是世界的人，这一切被心叫作法界，

然而，我们的心跳里根本没有余数。

有一次我看见施特劳斯,

面对一位中国女孩喋喋不休,

私下教授隐微书写,

以躲避集体僭政者们追杀。

却没有看清他被自己写的书打晕,

凶手好像是巫师哈耶克,

他狐狸般的脸刚刚闪进奴役小径。

我当然不会告密,

谋杀天天都在书店里发生,

我得时时警觉不做同谋,

更不在任何事件里帮忙吵架。

当然全然清白只有去北极,

我学会刮去心头旧见,

那里真相不多,

可是要想重新砌墙,

地基得彻底重来，

还得学会老施的隐微书写，

诏书明令禁止和发诏人不许的

常常在书店里被废除。

那个短发中国女孩说：

你活着就能看见。

我想她过于癖好挑肥拣瘦，

她还说"没来的请举手"

她只针对说话，来或没来

其实就是在场或不在场，以及场无所不在，

游弋在书店里的人心跳没有余数。

六

《2666》，今年是 2666？

波拉尼奥若是指认年份，

那么我六百多岁了。

困居在一个叫圣特莱莎的地方，

我认识波拉尼奥时波拉尼奥已死，

他生下阿琴波尔迪这个大个子，

岁数比他至少大了 50 岁。

最终圣特莱莎变成了索多玛，

它在欲望无度中溺死了自己，

波拉尼奥死了因为阿琴波尔迪要活着。

他让我站在东亚大陆指认圣特莱莎，

我像孩子一样抬起手指转身一圈

没有说话，因为到处都是圣特莱莎。

可是，阿琴波尔迪只有一个，

旷野上波拉尼奥只有一个，

东亚大陆上孩子只有一个，

呵，游弋在书店里的人心跳没有余数。

《2666》，另外一种说法是两个尼禄，

据说 666 是暴君尼禄的代码，

尼禄是顺便杀死许多人的屠夫，

甚至身怀六甲的皇后，

被喻为撒旦的兽。

两个尼禄两头杀人兽，

这兽自杀时叫喊道：

"我死了，世上就少了一个伟大的艺术家！"

他作品的基座是荒淫、恐惧、嗜杀，

也许还有僭主们糜烂生活史。

需要莎乐美优美舞姿的温暖，

七层脱衣舞，酬劳是施洗者约翰的头颅！

旷野上的阿琴波尔迪呵，

你连接了千年以降结绳记事的技艺，

回过头去，文字斑驳凋落，

眼目全盲，泪水全无，

能够辨识的也只是一个名词。

时，我年正少，还不知道

两条腿走路的不一定是人。

奥威尔在巴黎伦敦落拓的日日夜夜

是个真实的开始，真实讲述真实。

拿破仑，一头两条腿走路的猪，

它常常回想起前辈少校说的

心是一匹野马，奴役从这里开始。

它发挥道：人人心里有个奥斯威辛，

它谱写新英格兰之歌是所有新生活的范本。

一个叫卡内蒂的孩子天天守候，

一个深色男人从兜里掏出水果折刀，

用刀背在他舌头上来回滑动，

仿佛跳一曲华尔兹：

　　伸出舌头来！

　　现在我们把舌头割下来，

　　今天不割　明天才割。

从此孩子沉默如一条深海鱼，

藏匿的舌头因年久不用而退化。

在实相上：没有一条舌头不曾说过谎，

没有一条舌头不会说出真相。

为什么说出真相的舌头默然，

为什么说出谎言的舌头喧闹，

为什么谎言看上去总是郑重其事，

衣冠楚楚的人有着一条衣冠楚楚的舌头，

游弋在书店里的人心跳没有余数。

七

许多人在书店里找不存在的地方，

就连地图上也找不到，

他们管那地方叫作家园，

我在书店三十年发现那是一个

类似受苦受难地名的总称，

是希腊人让那里成为苦地，

它的名字叫作乌托邦。

在那里只有两种吃饭的方式：

劳动为食和役使劳动为食。

我可以肯定这是你不想要的生活，

尽管它时刻都在你的隔壁，

甚至在桌上，在床下，在隔板后面，

似是悬在门梁上的刀你看不见，

当你看见时它已经掉下来了。

哲学家说"他们以为他们是自由的"。

圣徒齐奥朗说：与哲学家相比

圣徒一无所知甚至都是文盲，然而

十个哲学家加起来抵不上一个圣徒。

只有忘掉一切才能真正记得，

可是如何学会忘掉一切，

人们采用的方法正好相反，

疼痛不能，愁苦也不能，

因为只有圣徒知道路往何处去。

圣徒乌纳穆诺是西班牙人，

他说孔子是圣人，

我好奇他们在何处认识，

在书店里他们相隔太远。

两千年前司马子长二十岁，

他在秦国的一个五月里出生，

地图上我想去的地方他都去过了，

地图上我不想去的地方他也去过了，

两千年以后我依仗卖他写的书生活，

我读他读到梦里：太史公那一年二十岁，

还不知道苦难的方向，

他在满世界留下车辙，如今

风吹，日晒，雨雪交加已经隐没了。

信仰启示录

信仰启示录

在这荒谬的时代，我们必须坚持我们的平凡，我们必须坚持与我们熟悉的事物在一起。

——切斯瓦夫·米沃什

内结与外结，人为结缚结，

瞿昙我问汝，谁当解此结？

——《清净道论》觉音尊者

序　曲

信仰在仪式中完成了信仰，

万千灯台只有点燃才能开始，

深水上蜉蝣朝生暮死，

楚楚衣冠，心忧归处。

敌意在崇信表面，磨砺剑刃，

试图守护符咒封存的结缚，

并依节气暗示，复制果实，

复制春生秋亡的方式。

灯火消亡在黑暗里，

却存续了光明的期许，

他日泛滥于阴影的堤岸，

漫过我们笑靥背后的忧虑。

当众生之相，盘结在万物上，

若果实悬垂，叹息深重，

颗颗生长在动荡不安的心里，

万千愁苦的果实，无处安放的种子。

漂泊在白天，在夜晚，

无法停留在出生的那一刻，

纵然花费一生积聚力量，

可怎么也拿不起墙上的影子。

我们张口说话，却制造了许多灰尘，

掉落在内心深处的灯台上，

蒙蔽了微弱的光。

我们献上洞穴里挖掘出的言辞，

仿佛刚刚出炉的面包，

散发出秋天午后田野的气息……

直到死亡取消了这一切。

异乡人

一条路从身体上穿过，并不比

从大地上展开更为艰难。

若它存身于意愿，

我们不能指认它在哪里，

若它不在物质上伸延，

双脚就无法走上去。

可是心远行，在终点以外，

从一地到另一地打上一个结。

没有单一或纯粹的生灭，

一年有四季，一物演绎成住坏空，

人在路上移动，走着走着就老了。

冬去春来，涉及一生似乎很远，

其实从开始就能看见结尾，

周而复始，看见的也仅仅是

能够看见的，能够感受到的那一点，

路比我们想象中更远。

所有日子失去了才去数，

数完了，打上一个结，

在心上，在指尖，在路上。

是谁让我们听到声音，比记住的多，

是谁让我们看见事物，最终只剩一口气，

是谁让我们闻到气味，纠结在空气里，

我们带着五谷的味道混杂在人群里，

彼此重复，先贤语录穿过历朝历代。

只要愿意，手可以抓取任何想抓取的，

然而，最终却握不住尘世的一粒尘土。

街上来来往往，不仅是人，道路交错，

只有一条回家的路。

门前这条路，叫作东岗西路，

从我身体里穿过，我在上面走，

仿佛黏着在事物上，惊异于

总会在一个生命节点显现出魔力。

出现就是意外，从中原，再东到大海，

穿河西，再往西整条丝绸之路。

有路就有远行者，

他们各自漫游在两个世界里，

一个我们知道，

另一个我们摆脱了知道才能知道。

从来不会忘记，所有路，

其实就一条，最后也只有一条。

东岗西路，起始的路，走向终点的路。

在四分之一个世纪里，它两旁的小房子

变成了大房子，儿童变成了老人，

地上有路，地下也有路。

就像我们经历两个女人的繁衍，

血脉只剩下四分之一

……

吟唱人

恶犬哮门，恶人在堂，

堂上人观咆哮门犬撕我们，

一地碎屑，散在祠堂内外，

散在心口老树下，

冷风哗啦啦地吹。刮走了

温暖，告诫石化在名字里。

琴声啊如诉，异乡人啊启程，

轮回中生灭，往事，

穿成松石宝串，挂在颈项，

装点疯狂的唇舌，

人在世间走在迷途上

任何期待都会失去踪迹。

恶犬啊如丧，异乡人啊远行，

在堂人手持金色令牌，

春秋四度，雕龙昏聩，

言语涂地，升起烟尘，

过往少年，终要归去，

背影在暮色里踽踽独行。

直到死亡取消了这一切。

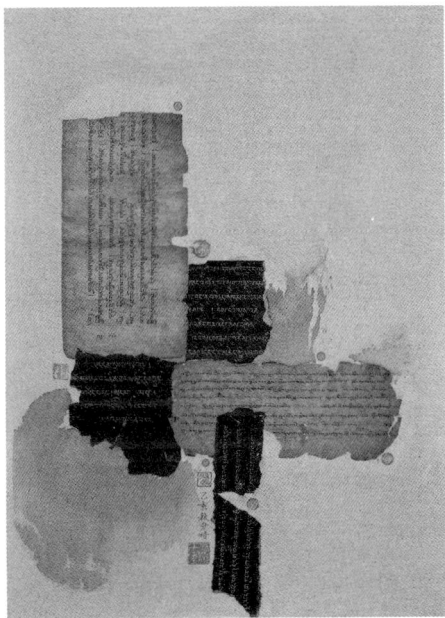

《经》　80cm×60cm　翟跃飞作品　1996年

异乡人

午后时光，微尘

在阳光里旋舞，

汽车后备厢里那瓶红酒，

微醺中释放深红酵变，

当它消失在街角

唐森唐纳斯在靠窗小桌，

晚清七十年后一张遗失的脸。

海伦，艾玛，金发女郎，

热狗，甜甜圈，

咖啡，热巧克力，茶，

大杯，小杯，

吧台后三个墨西哥人，

我被认出时，他们来自圣特莱莎。

一抹阳光在眉弓下凝固，

一阵昏聩粘着新迦南的午后，

树叶落光的午后，

惊蛰春分清明的午后。

北上三百年的午后，

在北纬 21 度勐遮小镇，

火车驶离站台，送行人消失的午后。

热狗，甜甜圈，金发女郎，

阳光绅士般离去，

手提一颗慈愍的心，

黎明时向北，一直向北。

如约人没有来，

看呢，甜甜圈女郎，

眉睫深锁着绅士，在阴影里

坠入生灭缘起的激流……

幽灵的合唱

生于影，灭于影，

动于夜，静为晨。

伤口中，肉芽还嫩，

白昼之门，幽灵进出。

冬天迟了，春天迟了，

夏天迟了，秋天迟了，

北纬 21 度鲜花迟了。

"此有故彼有，此生故彼生。

此无故彼无，此灭故彼灭。"

幽灵钟①

雨浸湿了骨头，雪灭迹于落雪，

倒悬之境，浸染于苦危。

风吹过，路上事，

水退尽，滩涂泥泞，

唯以不知如何告诉你。

这些年哪儿都不能去，

有个预言要我传给你，

可它至今未现身，

唯以不知如何告诉你。

---

① 指钟军峰，作者的一位朋友，曾一起谈论诗歌和共事，死于一场车祸，时年36岁。

幽灵乔①

我在轮回里轮回，

世事历劫无数不知你模样，

脚步跟随脚步。

追逐，终日追逐永不停歇。

搁钟爱心事，

在他人生命里，

这是我的工作，

他们说：我们都知道。

---

① 指乔力，作者年轻时的朋友，2006 年盛夏死于脑干出血。

幽灵渝①

早年，沙漠在身体里消失，

带走了全部水，

人若熄灭的柴。

我对死神说：再给二十年吧。

他回答：我如约而至。

吟唱人

妖魔先是，我为传说，

阴历躲在阳历身后，

天下无一人是家，

---

① 指新渝，作者年轻时的朋友，2010 年秋死于食道癌。

要拿走的，你的，

不是你的， 还有名字，

夺走了就不再回来。

遗忘种植了遗忘，

雕琢出细胞遗忘的天赋。

臣民依节气谈论花为谁主，

他们重轭上饰品斑斓。

谁打磨我们，

谁就打磨了时间，

谁就控制了信仰的内核，

谁妄以期符合诡秘的心意。

在你的年份瘟疫入髓，

煎骨血为炭，化基因为妄，

执念成功地当众宣讲。

发生或准备发生的

是为腹中之敌，

呈现急性症候群。

无异于再造一群人，

一群病入膏肓的人，

一群在路上被罪畏罪的人。

他们伸手，黑夜淹没了手，

他们说话，黑夜手捂住了嘴。

依什么在微暗中，

探知道路的样子。

倘若触须可以感知，

危机的缘起，那么，

黑暗就无关紧要。

依止那条大河的瀑流，

比黎明更加明亮，

每一粒沙都蕴藏了圣徒的诵颂。

直到死亡取消了这一切。

众人合唱

心路如网，唯有一条，

通向往尘或前事。

无需启程，也不关乎折返，

心多歧，而路未变，

离去或归来，相由阴阳两界生。

终有一天我们彼此走丢了，

无人幸免，也无人清白，

数十年沙粒般从指缝

溜走的每一个正午。

在日常，引起不安地，

是眼睁睁被梦魇住的人。

以为知道现实在清晨的两边，

以为回到混蒙初期，即足以

应付饥寒交迫引发的争斗。

白昼我们出来活动，

夜晚我们出来活动，

清晨，戾气拖着尾巴，

高声摊派如何恭顺地生计。

语境中理想从来都要装扮的，

绕开谎言与真实，

降伏其心的围剿是福利的一部分，

说话是另外一部分，就像，

鞭子是牧人生产语言的机器，

就像定期被刈除的门前杂草。

置身空桶，想象声音很远，

有人送行，拥抱是两张折起来的纸片，

车站在我们一生之外。

是的，一生之外还有荣耀，

有紧攒救赎骨节泛白的双手，

有石化在岁月里干涸的脸，

有变色龙一样的记忆，莫辨真伪，

这些已经成为僭政者桌上的饰品，

盯视着垂垂老矣的颈项。

这是我们与世界和解的方式？

一场缺失指定人的抛售，

落槌人永远不在现场。

倘若回来，停靠在哪里？

站台又在哪里？大街空空，

一辆马车驶过，无人乘坐。

秋天在熄灭，雏菊煎熬，

冬天上路，闪烁微暗蓝光，

春天悄然走过惊蛰，来到谷雨，

从遥远赤道奔来的夏天，

在时间的起点上坦坦荡荡，

心要盛大就应说出这是什么地方。

直到死亡取消了这一切。

《经》　78cm×78cm　翟跃飞作品　1993 年

在运河上旅行

在运河上旅行

一

鸥鸟在空中鸣叫，声音穿透了云层，

一块石头记住了我的微笑，

无论多少年过去，

人们都可以回头来翻看。

我小心擦拭石头的表面，

让它不要蒙尘，放出润泽的光芒，

我举手中信物在空中，

相信在无人处有人看见。

永远的陌生人，放逐者，异乡者，漂泊者，

请把今天给我，日子到了，

这一天不是明天，请把今天给我，

我们完成了我们的，你们也要完成你们的。

这一切都在更迭的朝代变幻的春秋里，

日子到了心要领悟，事也会遂愿。

二

祭奠者们燃起火堆，

泪珠破碎，不成串了，

在夜空里他们脸上闪闪发光，

光芒透彻，击穿了现在直抵未来。

火往上升，往上升……与晨曦相衔接，

一旦启程没有人能够停留在原地，

包括嗜血的过往，正在嗜血的现在，

以及土地掩埋不住万千骸骨的颗粒。

夜很深了，时候到了，

夜尽处是启程的源头，

重回你幅员辽阔的身躯，

我该走了，我必须走，我走了……

委身于土地，每一丛花束都是探寻者，

当枯萎来临之前探寻者已经寻路离去了。

三

1840，2040，数一数，

在这中间，我们活着。

观忍辱的躯体一点一点，

剔除耻辱留下来的旧瘤新疾。

如今悲悯立在门口，

就像一位母亲。

你说：来吧，告别吧，该上路了，

就在今夜，歌声要在行进中响起。

此刻我藏匿热情的身体，

煨烧着，在某个春秋，

延续这美好的散步，

并活着，并见证

四

时，雾起，路是丢失的一条腿，

只有疼痛感觉它的存在，

它使天空和路混为一体，

将那些踏空的脚掩埋在路上。

以为活不过雾散云开的日子，

以为路不在地上了，

旅程中无论发生了什么，

旅程还得继续。

寻路人问起年号，

我掀起衣襟护着烛光，

打开湿漉漉的地图，

把这光的种子种在上面。

被夺走的，永远不会回来，

真正拥有的，永远不曾被夺走。

五

在山坡忘情地起舞，

双臂张开比拟鹰在翱翔，

孤独的身影印在地上，

飞掠过一座座墓碑记载的往事。

墓碑等你们把门打开，

在敞开的门里见证，

时间活在路上，

活在整装已发的心里。

那时鸥鸟放逐于大海，

荒草蔓延于土地，我们只剩下，

被劫掠过的影子在地上游荡。

从此，你必撑下去，

神说，就这样……

六

空中，一截断臂，

人已腐朽，手还在挥舞，

两百年时光对人漫长，

回望也长，长长运河洞穴般苦痛。

接纳造物的重新审视，

依他心思制作了你的样子，

万人如一，心一起跳，

记忆被关闭。

没人知道时光里藏着多少疼痛，

苦痛，喜悦一并端在手上，

即便那一刻心碎了，也要怦然而动，

就为手里攥着两个字：重生。

一截断臂在运河上旅行，沉默无言，

两岸人群随往面目模糊消失在堤岸上。

七

薰衣草枯萎在手里，

你丢失了香溢四野的味道，

把仅存的善意留给了你，

在另一个春天人们会认出你。

据此够得到初春萌动的消息，

已经丢失的不用找回来，

凡不属于你的，

神另有安排。

你被认出时，随你而去，

那些岔开了自己道路的，

你留背影回应在午夜，

把决绝清晰地写上了门楣。

泪水超越了视野，温热着溢出眼眶，

门楣上写着：归来只是离去的开始。

八

妈妈，旅程开始了，在异乡，

如你手中缓缓打开的手卷，

年少的哀伤写在卷轴里，

图卷藏匿着注定发生的事件。

可是我看不到，妈妈请告诉我，

那些必将发生还未发生的事，

会让我变成另外一个人吗？

旅程一旦开始就一直向前展开吗？

妈妈，手卷慢慢展现，卷轴遮蔽的，

让我躁动，不能安宁，

未知的图卷，前程远大，

每一天我都将往事丢在来路。

内心惶恐，想要拥抱整个世界，

可是妈妈我唯有你的怀抱可以够着。

九

有谁需要理由才能活在世间，

才能在长长旅程的某一处守着你，

守着你，凭时间精心呈现，

那神的力量从来就无言。

离开意味着不再回来？

顺着时间的方向，

煨烧惦念里揪心的热忱，

那种成长的丰裕，沉甸甸地坠在心口。

如是粒粒饱满的果实，

颗颗润泽，可我还是一无所有，

为什么在称为家的地方，

不能彼此拥抱送上一个无言的问候？

我知道并走向那相反方向存放着的，

曾经发生的一切，不敢轻易触碰的一切。

十

在一个钟点旅馆昏暗的灯下，

安了暂时的家，

那时我说：什么也没有发生。

窗外流浪人沃德的歌声空空洞洞，

在午夜路口来回游荡。

绵延不绝的人流往同一个方向，

他们去哪里？离开还是回来？

异乡人终将再一次遗失他的家园。

房间里一枝玫瑰在桌上，

细细查看自己盛开的样子，

为何而来，为何而去，

只有钟声还在身边颤动。

刺穿聆听的耳膜却依旧怀揣心愿，

那些从来没有走出过鞋子的双脚赤裸在地上。

十一

岁月向终结的空落处生长，

留下刮不掉的印迹，

时间永不驻此刻，

既不在过去也不向未来。

雪地上一棵树的黑色枝条上，

一只乌鸦驻望，

背离巢穴神态坚毅，

它说送别是隔河相望。

它说心绪要收拾在羽毛里，

如若回来，我要随他去，

那时鸥鸟、大雁、杜鹃，

在大海上漂泊，永恒放逐的家。

放逐者在庭院，前程旧事仿佛檐上风铃，

在每一朵雪花上激荡，汇合在光芒里远去。

十二

门将要关上，

进来还是出去，

没有答案能安放在心上，

因为门是神关上的。

惭愧趁天色微明时掰碎了，

那些碎片一声不吭，

映射着不能还原的每一天，

似是猜想长满了皱纹。

终点临近，马喷响鼻，

此时永生轻轻叩响了门环，

是的，船还在运河上，

是的，门关上了，路就在眼前了。

这一年我在运河上漂，手上挂满晨雾，

人流向同一方向走到年末，就像这运河。

献祭的四首颂歌

献祭的四首颂歌

一、埋我的土地我买下

在我手里，献祭成了亘古的悬疑，

我的沉默高于我自己，也越过了天下人，

时间在暗处涌动，从最初到现在，

无论多久，没有越过岁月的声音，

困居陶瓮深埋在地下，连同逝去的人被遗忘。

我不说出，因为信念不被言说，

一旦说出就不是了，信念只能是她自己，

独自存在，独立生长，全然个体，

且与法界一致，高于众生。

像蛹在虫和蝶之间，过着隐秘岁月，

寂然无言，也无有言说，只是：

听从被听从的，追随那被追随的，

信奉被信奉的，护佑那被护佑的。

当我弃绝所有，蛰伏百年，

我知道立约人将在我沉默处

守候下一个与之立约的人到来，也许瞬间，

也许需要千年，只要我还被称作信仰之父。

那时族人还在黄金时代，记诵悦耳，

流连旷野。炊烟和朝阳

都离帐篷的顶端不远，牧人和羊群

在同一条路上走。我在传说中出生，

又在成长时成为传奇，

当羊群消失在旷野，牧人们

则在不同时代呼喊他们的羊群，

可是，找寻越来越远，彼此丢失

在黄金时代残留的记诵里。

旧梦久远，像挂在脸上的涎水，

闪烁着光芒，太阳出来就消失了。

当我跨越百岁，那个耳语的人

告诉我："将来有人要听到你，

如我在你耳边轻声述说：

言语即是肉身，肉身即是言语。"

我无需觅集天下的借口，我即是本身，

我在先知的行列，亲见生灭的灵

在旷野上生生不息，须臾无间。

彼时蒙昧暗夜，掌灯人踽踽独行，

灯熄灭，就像唇前莲花未开，

事物也在摆脱羁绊时晦暗不明，

而信仰，那压在岩石下的藤蔓，

成为记忆里最为明艳的，往事中的蕊，

偶尔张开，张开即绚烂到寂止。

与立约人同在旷野，经受历练，

在没有义人的城里，看见大火延烧，

而我的约立在大火之先，被这毁灭之火

照耀了千年，经历漫长岁月，

舟已苍老，载满亡灵，在我寄居的土地，

我要在我买下的洞穴和田地里，

埋下我的死人，埋下世人的荣耀，

埋下我自己。从他们手上最后一次品尝，

因之无限的弃绝，所升起的信念之光，

就在那个洞穴里，也在旷野上的田地里。

给我应许的人，很久没有出现了，

我取自战栗中的勇气，

正是延烧中不化的晶体，

熠熠生辉，穿越亘古长夜，在旷野，

在摩利亚山上，信念使之成为信念。

二、你安静平稳的手握在我手里

当我学会祈祷时，祈祷便在旷野，

学会牧羊时，我接受羊群的方向，

那时忏悔还没有深深根植于我的生活，

也还没有在屋檐下随着炊烟散播在空中。

我以牙牙学语的方式开垦着土地，

我播在地里的种子，生生不息，

像一颗心靠近另一颗心，像麦粒，

彼此挨着，遍及屋檐下的谷仓。

在旷野我们太小，脚步蹒跚习练悲悯

想要跟上先知们走过的脚步，

等奇迹在岁月里将日子变得平常。

我想行在先知的行列，这心结是燃起的一堆柴，

温暖冰凉的手和脚，守住悲苦的日子，

跟着羊群的脚步，我迁徙，

土地广大，水草无踪。

能为你做的，我用了一百年时间，

从芨芨草的旷野我带回种子，

种子唤回来的秋天延续了几代人。

我为神驱策，敷做仪轨，

符合信念。在我心里有一丝想起

万代族人和应许的土地吗？

一切属人的猜测，一切言语的算计，

都在信念之外，信念不容猜测。

那还未冲破的结，仿佛牢笼，

困我在信念的里面，我知道

在死亡降临的瞬间，我和以撒将脱苦而生，

即是神所立机缘，摩利亚山是这终极祭坛，

天使在那里守候，等待那瞬间爆发激情，

一如洪水冲出峡谷，惊心动魄。

那一刻我将从幽暗里度化为璀璨的自在，

只有我和至上者见证的炽燃信念，

我及以撒，我们在世间的凡俗，业已完成，

困苦和死亡不再将我羁绊，系紧的

心结也一一打开，这即是应许的真实含义。

在寂寂旷世间无声，我孤独上路，

那是一条不为人知的沉默道路，

眼睛牢牢地为土地而吸引，

脚步前行，土地缓缓往后退去，

沙土、低矮的芨芨草、荨麻，

和更深处的虫豸与我们同在。

我不说，也不能说，我与旷日孤寂相伴，

有一天我将成就信念，也或许

我已经离开了世间，就像打开门走了出去。

羔羊在叫，夜风嘶鸣，我听到了也无法响应，

因为我也将消失在地上，与羊骨混在一起，

那些以我为念的，

那些不以我为念的，听到沉默

将痛苦束之高阁，尘封往昔之爱。

此刻安然在路，这旅程，

三日恍若隔世，结局总在最后一刻出现，

在终点，那个脱苦的时辰。

永恒的用人赶着驴子走得慢了，

路还远，太阳已经升起，

以撒的新鞋子扬起了尘土，

他出生时得到的祝福比羊群多，

他是个天生的族长，根由他而扎在旷野上，

摩利亚山也挡不住他成长的脚步。

天空掉下来几滴雨点，阴沉沉，

空气中弥漫着以利以谢的焦虑，

仿佛轻轻触碰的伤口，疼痛迅速传遍。

我要说的已对神说了，要守口的已对人守口，

人要在我死后才能明白。而眼下

这高耸的祭坛，每根柴都含有以利以谢的心血，

我不愿想：这柴将在染上少年血时延烧。

撒拉编织的绳子，怎会想到成为临终的捆束，

如同遍地荨麻缠绕在以撒身上，

我安静而平稳的手，安静而平稳，

我手中安静而平稳的利刃，安静而平稳。

属人的手握不住这个时刻，

属世的心盛不了这祭坛上的火，

烧着的要成为灰，是灰的承担不了应许，

我将临在最后一道门槛，推开门，走进去了。

三、盛开了百年的花

临别的撒拉，眼神令人心碎，

她眼里映出的村庄，有晨烟升起，

我要上路了，再不走天就要亮了。

看着撒拉，我拥抱我老来的新娘，

这朵盛开了百年的花，送别中

黯然失华。而记忆里播下的神示，

在旷野中独自长成了大树，庇荫

迁徙中族人们日渐稀薄的信念。

我要带他们走，走被指引的路，

将至上的约，永远立在身上，

就像羊群打上记号，宣示拣选者

在地上成全属世的国。我明白，

即临失去时，才看到是什么没有回来，

也不再回来，那意味着失去已不存在，

而我将在那个无限弃绝的当下走入永生。

三日之途，我在前，他们在身旁，

恍若梦魇，我与以撒就像心的两个房间，

隔一层肉质，血在一起。

我的日子要在你的日子里面，

我要你以我的遗存活在这世上，

当罪追赶你的时候，我将我的

神给你，让他不离弃你，

以撒呵，从他拿走的，将从他再生，

从我而生的，将不在这世上行走。

当以撒安顿好火和柴，说：

"父亲啊，燔祭的羔羊在哪里？"

我说："神必自己预备了燔祭的羊羔。"

我将这语义暗示到极致，因为衰弱

无法经受穿过岁月时的打磨，

如是像一块钻石，蒙着埃尘，

穿过撒拉和以撒，穿过古卷和死海，

埃尘磨去，至上的约立在刹那间，

那个献子的艰难瞬间，即临永恒之门。

门要叩才会开，珍爱即是无限弃绝，

如是应许应有一颗领悟应许的心，

只有在那瞬间才能体证应许的灵，

完成神给我的，以及我在神的里面。

天要亮了，是谁在空中喊我的名字

将我睡梦中疲惫的眼睑掀开

我的心事沉过摩利亚山上最大的石头，

没有人能够举起装满砾石的心。

自从他离开我身体的瞬间，

喜悦和悲伤各占据我生活的一半。

现在给了我的，又要被拿走了，

我猜不透道路如何想，羊群如何想，

草地如何想，我的麦饼如何想。

大地接纳，无怨无悔，亦无边际，

白天过去是黑夜，黑夜接着白天，

日常愁苦连着愁苦日常，月升起，

我已忘记她每晚圆缺的样子。

那改变怎能抵得我心上的裂纹？

怎能拭去我因期盼而结晶的泪珠？

如若不曾给我，我早已行将就木。

那时希望和爱，像枯井，

空洞洞地朝向天空，

那里再也存不下一丝悲悯，

如最后一滴水被吸干。

晨光昏暗，落在我的背上，

我抑制不住背轻轻地抖动，

光线勾勒出我美丽的浑圆，

一双手已逾百岁，依然灵巧。

我将烤饼叠放成上路的样子，

并在以撒的额顶印上一个亲吻，

他是我再度成为新娘的理由，

他是我生命重启光明的根源，

我在他身上延续了神示的种子，

一滴泪掉在了地上，升起小小尘烟。

我知道路在出行时，已经铺设在心里，

以撒走在上面，再也回不来了，

心路一旦走进去，就不会有尽头。

但我什么也不能说，那不可言说的，

我只能在彼此心的门前，放上大把苦艾草，

即为旷野气息，也有苦涩隐隐远道而来的甘甜。

四、你是我肉身的故乡

毁灭即是清洁的开始，

我给予的，我要弃绝，

神给予的，在清洁中无有始终，

追逐有灵，过圣洁的日子，在旷野见证

双眼打开的族人，磐石上泉水若沸水翻滚，

他们相信所见，而背对苦难，就像

阳光下看到阳光下的事物，

黑暗里看到黑暗里的事物。

从那时起我便知道，我们在一起的时光

总是那么短暂，你寻到我，把我带回来，

过属信的日子，归向应许的路。

那唤叫的羔羊，声音在旷野传得很远，

你听到了，你回应吗？你们本就是一体，

那声音在你里面，你知它为何而叫，

当他们被恐惧攫住，仿佛一片树叶

正在战栗中枯干，风一吹就碎了。

你造春天以备再生，你使冬天凛冽，

以治愈忘记正确道路的病症，他们因此，

长年游荡在旷野，迷失在信念里终老一生。

此刻，我将以撒和漫长的日子，

装进这三天的旅程，一点一点走近

那山上用双手立起的祭坛，

你给予的，你拿走，

你应许的，我取去。

我的恐惧正是秋末的花草，

委顿在原野上，那是我最后的季节，

我将走出四季的时限，与你成为一体，

不在信念里流转，知风吹，知火烧，

知土地，知流水百回，终将

归到你约中的深意，和永续的标记。

我的时日，我的功在那一刻完结，

圆满了阴晴圆缺的日日夜夜，

圆满了属信的义，在世代流传，

我在地上的日子，只等一块土地，

干干净净地不播任何种子，将自己埋下。

我的手在另一双冰凉的手里，

我熟悉那些粗糙纹理中蜿蜒的岁月，

那是她数日子留下的印迹，她珍惜我，

如同珍惜神软化了的她的子宫，

我从那里出生，她是我肉身的故乡。

而我是她全部的收成，旷野中的孤树，

在漫长岁月里活出一片树林，环绕帐篷，

子嗣嬉戏，领受应许的福泽。

她曾经告诉我说：我们的居所，

应在光明的中心，如若失去，

是神弃我们而去，岁月的轮盘将我们抛离。

她在无我的日子里是个忧伤的新娘，

在有我的日子里她延续了新娘的幸福，

她是属人的花，开在属世的旷野。

我则是指认给她的，成为她种子的，

成为她再一次娇艳的，她的后裔在这地上，

永记她开放时的样子，用以躲过忧伤的日子。

一天比一天更易消失在屋檐上，

他们老迈的忧心能够点燃灶台上的干柴。

他们教我起得比平时早，

她帮我套上新衣，新衣没有笑容，

天黑着我饿了，我不敢大声说话，

因为，话一出口就空空洞洞，

仿佛一枚石子落入无底的深渊，

听不到回音，也没了着落。

父亲盯着窗外，那里什么也看不见，

而我的手比攥着我的手要热，

因为那不可更改的祝福，

我的兄弟如今流落他方。

紧闭的嘴一直闭着，不要张开，

若耶路撒冷悄无声息在摩利亚山下，

人迹稀少，羊群四散若走失的云朵，

我在人迹罕至处寻回平静的心。

当祭坛筑好，柴垛码齐，谁为羔羊？

在这摩利亚山上我隐隐听到有羔羊在叫，

我等待我父亲和我父亲的神回答那羔羊的叫声。

我看见荆棘爬满宫殿的残垣，覆盖过往，

世代荒废的记忆，在我这里将被唤醒，

火吞没的，在灰中消失，那些旷野上，

作为标记的墟城，像不刻碑文的墓地，

埋下失宠的往事，永不被记忆接纳。

然而荒城兀立，空对遐思，风掠过，

因我缘起的道路，必然伸向未来的家园，

不在此世完成的，也必不在彼世成就，

因之属世的人活在属日的此刻，

当功满了的时候，路也尽了，

火熄灭时，荣耀也化身为泥土。

我祖上的神，我父亲的神，我将来的神，

也要在旷野上受属人的怨，满了十次，

他拣选的先知受属世的怨，也要满了十次，

怨主们要在旷野上终老，直到信念遗忘他们。

我在赐福中踏入先知的行列，满了属神的愿，

从旷野，看到旷野所产的，应验在应许里，

从我而出的，遍布在属人的地上，若让花开成片，

我就赞美，若让羊群遍满草地，我就赞美，

族裔要出远门，我就赞美：请不要远离我们的神。

迷失的羔羊自己寻不到回家的路，

我要你们起誓在恐惧中战栗时献上你们所恐惧的。

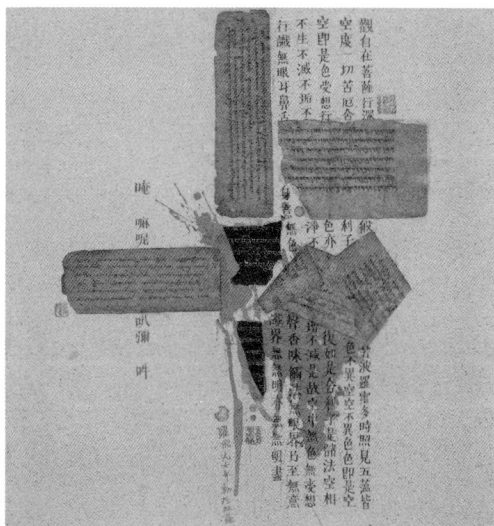

《经》 80cm×80cm 翟跃飞作品 1996年

我城中春花乍开

我城中春花乍开

一

绿色的兽深锁在青铜纹饰里，

头颅还灵动于空间，

身却在毂中陷落青铜。

我用第一秒看见第二秒忘记，

足迹印在青铜河上，

这条河终将为我凝固。

如是长身成为赳赳青铜鼎，

青铜的钮，青铜步伐，青铜浇铸的纪年。

回来了，生我住我埋我的城，

在高高山冈留我一方土地，

在古老的青铜河上渐次老去。

血液渐缓，泥土在呼吸中变得稀薄，

已经不够支撑下一次旅程。

我愿我的信立在城的门城的墙，

我愿我的祈祷推开紧闭的青铜门，

"人心太深，知者甚少"。

在这城里我们遗漏了什么？

恰是记忆深处永存的，

身体无意中透露了真相，

愿生我的城住我埋我，

在同一条街上无来无去四十年，

它有一个农夫的名字：农民巷。

从来没有过土地，没有过农夫，

不曾有过自然意义的春种与秋收。

我就是那巷口青铜的门，隐藏了启示，

当你听从指引命运已轻轻划过，

无数个世纪帆影迢遥，

死亡是那永世的伴侣。

我们总会回来，寻尽方法，

在词与词之间辨识多重误解的方式，

在城的门城的墙上化身为碑，

可是人们忙于识字却不认识了启示。

二

初春，黎明在巷口徘徊，

如委身冬眠的蛇，整条街

盘缩在昏睡里，盖住了熹微中的惊蛰。

时明时晦的生活，若缺油的灯盏，

去年此时，世间倏然流转了一年，

街口花店，花开着，似不曾凋谢过。

记忆里几件事在恣意，

影像依稀灵动在眼前，

我数失眠人落英缤纷的欲念，

设计几种方式，使天亮，躲过睡眠

在甜腻文字里找寻一束跳动的火苗，

就如同路过初春雨后的草地，

我睡眠中的城，和将要醒来的街。

春天归春天的，夏天归夏天的，

我将要醒来的街，街口不曾凋谢的花店。

春花乍开，绿柳冒出嫩芽，

黎明停在了街口，在熹微中明明灭灭，

我城中春花早发，我街边绿柳冒芽。

穿越巷口，车灯挡住了暗黑，

门楣上霓虹在熹微里明明灭灭，

那行将熄灭的烟花，在巷口时隐时现。

门户紧闭，影影憧憧，食味久陈，

仿佛行驶在另一个世界露天的矿坑。

而隔着雾霾在天空中游荡的恐惧，

我分不清哪个是你的，哪个是我的，

像两只完全相同的苹果，

我委身于蛇的街，和将要醒来的城。

春天循着春天去了，夏天随雨水而鼎盛，

春花乍开，绿柳在街口冒出嫩芽不曾凋谢的花店。

我春花早发的城，我绿柳冒芽的街，

这失魂落魄的城里，看我绘制，

那些生活在城里的野草，

那些飞在空中的燕子和麻雀，

那些嘤嘤盘旋的蜜蜂和蜻蜓，

那些翩翩飞舞的粉蝶和鼓噪的青蛙。

它们多肉的身体在干燥无水的空中，

干缩成脱水的枝条和多皱的尸身，

想象枝条，想象尸身，想象沙土，

根裸露。

我想我的水已经无济于事，

我想蜜蜂的告密和正在告密的蜜蜂，

都被蜂巢分隔在蜂房里秘密储存，

当时机降临，欲念便蜂拥而至，

在这初春的黎明，委身于蛇的街上，

相对于昨天，已经横陈在回忆里化成沉沉往事了。

三

匍匐在地，吻那些踩碎心的脚，

再捧起那些碎片，等黑暗来临时，

撒向空中像天上的星星，

镶嵌在钴蓝的心上，恐惧深藏，

世上的好地方真比不上天上的乐园吗？

这是他人给出的期许，不会超过三十七度五，

因为城里人有太多焦虑，一眼望去，

他们低低的热度来自彼此的模仿，

人头攒动，仿佛地表冉冉蒸腾的气流。

想要说的已然闪身在飞旋的浮尘里，

而默默守护的从来都不是语言，

比如一条街，街口的小店和店里的少女。

那些古老的情绪从来没有变过，

我们重新指认时已经忘记那是我们曾经拥有的，

我的街，蛰伏已久，它的温床上卧满了春花，

我在等该来的人，也许他正在路上，

我对他的期许就像春花早发的苞芽。

他常说：不要心存秘密地活着，一条街很难有秘密，

因为，秘密会吞噬秘密而长大，

就像深海中的锚，挂满了海藻、寄生物。

我常常隐藏关于私欲的真相，

如同纸包住了一团火，在黎明前的街上，

微微颤动，这时，我在他脸上看到那一致性：

那慢慢开好了的春花，恰似一片一片烧着的原野。

那些从来没有变过的古老情绪，

我们曾经拥有的，就像纸包住了一团火。

这念头独自走过了街口，我看着他过桥，

在通向你的路上走，风将自然的精神吹入他体内，

他脸上的亮光是晨祷的返照，

它熄灭的方式留待能说的时候再说。

因为，白天和黑夜是互为退返的因果，

就像纸张的两面，黑夜是你从背后读到的文字。

也许你正在度过漫漫长夜，

内心荒凉，丛林猛兽，

掩不住苍老封印，长成大树一样的身体，

直接天际，守望朝阳，

让生命的相，投射在地上，

成为太阳走在这条街上的明证。

我抓住了他，就如同抓住了我的余生，

我能够带走的是与无尽黑暗融为一体的沉默。

《经》　100cm×70cm　翟跃飞作品　1993 年

四

春天就要过去，而我的花还没有开好，

它们许下了诺言，让我穿着春衣

在树下等红灯送我过街，

我看见身旁那条河流，还裸露着河床，

河边柳树挂满了苞芽。

我已经感觉不到土地何时软化，

虫豸在泥土里复活了，

那只蓝脖鹊又回来了，衔着树枝筑巢，

她有多少孩子没有人记得。

我只是想不起去年此时

春花是否开好，有谁陪伴在身旁，

我的生活是一场单行道旅行，

就像花开了又谢了，

走到终点答案才会揭晓。

那些转世的人已经不记得他们曾经是什么。

春天在同一时刻降临，但花朵不会同时开放，

在这世上时日越长，能够确定的事情就会越少。

街巷从不转世，要么延续，要么消亡，

几代人在它的里面，我们就是它的习性，

而一条街有了名字，就只能是它自己，

这意味，名字的后面有一扇门，

谁一直敲，门就会为他而洞开，

谁放弃，脚下就生满荆棘。

倘若走来是欢欣，离去有别愁，

如若时间转身，再转身，

既不回首过去，也不祈望未来，

唯在此刻，持于觉者手中，

他在巷口靠窗的座位上，

放一叠馕，热乎乎地散发着麦香，

他要等的人永远不会到来，

因为，人心蒙尘，不知他存在。

于是，蓝脖鹊每年春天回来筑巢，

它让我想起尼尔斯和巴基塔在春天，

亮闪闪的金币，陷于魔幻的旅行。

而我唇前，这花还未开好，

在晨祷里所见，人世上找不到对应：

我从来没有离开的街只有一条，

我从来没有离开的人只有自己，

所有相像的生活都源于人本身，

不信或将信将疑，最终无法复返。

我知道花不会同时开放，确定的事越来越少，

我相信唇前的花终将开好，那时我会坐上窗口。

坐在窗口，花都开好了，晨祷以及人来人往，

街巷深处有个声音说：进来，进来。

在这黯暝的空间充满了静谧，

花开了，一再开，层层叠叠，无声无息，

还有什么不能确定，还会出现多少种可能，

让我们重新再来，当重临往事，

我们播种了原因，却不知道果实难以承受，

好吧：去向相同，但不一定要同路，

即便同路也会因事岔开，驻足一家花店。

我们又怎么会知道，在三月的巴黎，

在巷口遇见本亚明和策兰，

我需要打听他们去了哪里吗？

那个必须要去的地方怎样走才好？

石头花冠是否开好，真是时候到了吗？

与此同时，我向宴坐的墨衣

虔诚地顶礼，背影稳定而静止，

在圣心穹顶，手指在众目睽睽下，

瞬间分离的那一刻，恰好钟声响起，

果园正春花怒放，俯瞰街巷隐匿在城。

晨祷中唯一的可能，却充满了未知，

当我们穿越巷口，来到 1530 年的庭园，

很难想象我们以及他们是一群什么样的人，

在不同时代里游历过同一块地方，

并以不同方式企图留存已然逝去的辉光。

《经幡》　80cm×60cm　翟跃飞作品　1993 年

后　记

　　"你要惊动被风吹的叶子吗？要追赶枯干的碎秸吗？"（乔布记 13:25）

　　我们终将飘零，如同风吹碎秸。

　　抑或我们一出生就开始了飘零，直至成为风中微尘，消失于法界，与其融为一体。这不仅仅是一个认知的角度，当我们开始"惊动"自己，找寻来自风中的消息时，我们或许在救赎中，或许正在找寻通向自己的道路。这就是这本诗集名称的来由，她与文学无关，她与宗教本身无关，她与神秘隐晦的认知无关，她只是经由这样一个介质探询个体的本源，想要看清自己内心中悠长的道路，以及人对于出身的古老追问。

　　假如这些诗句和题材看上去如同梦幻式的语境，我依然会说这与文学上的追求和野心没有任何关系，只是日日夜夜因为功课行为发生的变化而带来的走向自身内心的结果。也就是说出版这本诗集与文学本身没有绝对的关系，也不是为了完成年轻时的文学梦想的小小实践，我对文学没有奢望，充其量我只是一个普通的读者和卖书者，但我对自己的认知及认知所引发的行为有一定的责任。正是这样的责任促使我记录当下的觉知和教法中渐渐呈现出来的智慧，于是有了这样形式的集子。

说到文字，我有另外一个提醒让自己时刻保持警觉，就是我们获取世间认知的方式已经到了莫名其妙的顶点，许多人已经越过了为人的界线，装扮成了先知的角色。他们在厅堂楼阁聚集人群将自己咀嚼过的东西塞向每一个人的嘴里，而那些嗷嗷待哺的听众已经失去了追问自己的能力和权利，他们为此支付费用且奔走相告。古老的教法和智慧却被抛在了一边，这是我所不想失去的，也是我一直以来用这种自己的方式探知自己本源的原因。

形成这些文字的最初，我几乎要天天去美国东部一个叫作米福尔德的小镇，镇上有一个漂亮的图书馆，从秋天到入冬，我在小镇图书馆里每天待上六个小时读书。图书馆外面是一个不大的码头，秋天时常有船只出海，或是回到码头的船只被拖上岸来，到了冬天几乎空无一人，船在船坞里随波摇荡，码头上的纯白色的栏杆，粗纹路的原木板船坞，带着绿色水锈的木桩，一艘艘大小不一的停靠在码头的船只和伸向天空的密集桅杆，与蓝天、碧海、森林、苇草以及白色翻飞的鸥鸟形成非常好看迷人的自然韵味。这一切对我这个生长和生活在中国大西北的人来讲，有着难以抗拒的吸引力。

我有了安静的时光，这段时间，我有机会重新审视自己，审视我所在的国家，从远处看自己的祖国，我为自己形成全新认知而感到欣慰，我所有的功课体验都在这些诗行当中了。

日常中我必须忽略一些过去觉得非常重要的东西，或者远离狭隘的限制式的思维模式，让生命认知的关键点回归到自己身上，不再自我争论和疑惑，直奔主旨，不再延迟。这个集子本身就是这个因缘的结果，是这个时期功课所给予我的见地，我珍视且也完全不留恋。路还长，也许有一天连这样的见地和形式也不需要了，到了那时我是否可以依照佛陀的教法说，"我生已尽，梵行已立，所做已做，不受后有"？

想一想吧，我们真如风中的碎秸，随风而起，无依无凭，去向不明，不知始终，什么也抓不住，也不能停下来，我们能做的是什么？这样的诘问仅仅是个充满迷惑的开始吗？如果不问或许连开始都不会存在。

图书在版编目（CIP）数据

风吹碎秸 / 文群著. -- 武汉 ：长江文艺出版社，
2020.8
ISBN 978-7-5702-0979-8

Ⅰ. ①风… Ⅱ. ①文… Ⅲ. ①诗集－中国－当代
Ⅳ. ①I227

中国版本图书馆 CIP 数据核字(2019)第 069783 号

责任编辑：王成晨　　　　　　　　责任校对：毛　娟
封面设计：翟跃飞　　　　　　　　责任印制：邱　莉　　王光兴

出版：　长江出版传媒　　长江文艺出版社

地址：武汉市雄楚大街 268 号　　　邮编：430070
发行：长江文艺出版社
http://www.cjlap.com
印刷：北京隆昌伟业印刷有限公司

开本：787 毫米×1092 毫米　　　1/32　　印张：5.875　　插页：4 页
版次：2020 年 8 月第 1 版　　　　2020 年 8 月第 1 次印刷
行数：2430 行

定价：45.00 元

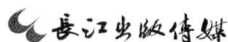